AF450880

ESSAIS DE POÉSIES.

> D'abord il s'y prit mal, puis un peu mieux, puis....
> La Fontaine, *Liv. XII*, *Fab. 9.*

TRADUCTION LIBRE

DU PREMIER CHANT

DE FINGAL,

POËME D'OSSIAN.

A PARIS,

Chez Gueffier, Libraire-Imprimeur,
au bas de la rue de la Harpe.

M. DCC. LXXXVI.

AVERTISSEMENT.

LA Poésie ressemble beaucoup à la Peinture; l'imitation de la Nature est l'objet de l'une et de l'autre ; mais avant de prétendre à puiser dans ses Ouvrages la matiere de ses tableaux , le timide Dessinateur copie les productions de l'Art ; il s'appuie sur de bons modèles , s'éleve avec leur secours jusqu'au moment où , sentant ses propres forces , il peut s'élancer hardiment dans le champ vaste que la Nature lui présente, ou jusqu'à ce que la foiblesse de ses premiers essais l'ait instruit de son incapacité , et forcé à quitter des pinceaux dont sa main ne peut se servir. Telle nous a paru devoir être la marche de l'homme qui se destine à l'art des Vers : tel est le motif qui nous engage à publier cet Essai. Le jugement du Public décidera sans retour une question qui ne peut l'être ni par l'avis de nos amis trop indulgens , ni par l'opinion toujours

suspecte que nous avons de notre Ouvrage.
Devons - nous écrire encore? Devons - nous
renoncer à un travail pour lequel nous ne
serions pas faits? Telle est la question dont
nous attendons la réponse.

AVANT-PROPOS.

LA perſonne et les ouvrages d'Ossian, fils de Fingal, sont trop connus par la Traduction de M. Le Tourneur, pour qu'il nous soit nécessaire de faire précéder notre Essai d'un véritable Discours préliminaire; ce sera même de celui dont il a accompagné son Ouvrage, que nous tirerons la matiere des notes absolument nécessaires pour l'intelligence du Poëme. Sans oser placer Ossian sur la même ligne qu'Homere, nous croyons pouvoir en regarder la lecture et la méditation comme très-utile à tout homme qui se destine à la Poésie. Sans autre ressource que le spectacle de la Nature, sans autre guide que l'impulsion de son génie, n'ayant à présenter que le retour perpétuel des mêmes images, Ossian attache, entraîne l'ame du Lecteur, et sait y faire naître à son gré la pitié, la terreur, ou l'admiration. Enfans de la Nature, ses Héros sont tous hospitaliers, amoureux et guerriers. Leurs exploits, leurs aventures portent un caractere de vérité qui ajoute à l'intérêt. Tels ont dû être, tels ont probablement été les hommes, avant que l'invention des Arts les réunissant dans des villes immenses, les eût fait ployer sous le joug de la civilisation : tels ils sont encore dans les contrées où l'âpreté du site et la dureté du climat ont arrêté les entreprises de ceux qui auroient voulu les arracher à leur liberté primitive.

Ossian, acteur lui-même dans les scenes intéressantes qu'il décrit, inspire, comme Poëte et comme Héros, une sorte de respect religieux que ne peut faire naître la lecture des autres Poëtes.

L'Auteur des Poésies Helvétiennes, Ouvrage imprimé à Lausanne en 1782, a donné une traduction des chants de *Selma*, autre Poëme du même Auteur. Ce morceau fut accueilli, moins peut-être qu'il auroit pu l'être, si l'Auteur, choisissant un Poëme plus entier, mieux lié, n'eût pas présenté au Public ce qui, dans toutes les poésies d'Ossian, offre le plus de difficultés pour être saisi, une espece de lutte entre des Bardes, dont chaque récit exigeoit des notes nombreuses, et qui ne contient qu'une épisode intéressante.

Nous osons livrer au Public le premier chant de Fingal ; l'accueil qu'il aura obtenu nous décidera à supprimer ou à faire paroître les cinq autres.

Le Poëme de Fingal ne commence, dans la Traduction de M. Le Tourneur, qu'au 13ᵉ. vers de la nôtre. Il place dans un Avertissement les faits de l'avant-scene : persuadés qu'ils étoient nécessaires à l'intelligence du Poëme, nous les avons placés dans quelques vers qui nous servent d'introduction , avec le soin toutefois de les distinguer par des guillemets de ceux qui appartiennent véritablement à l'Ouvrage.

Les noms des Héros d'Ossian sont quelquefois barbares et d'une prononciation très-difficile ; il nous a cependant été impossible de les changer entiérement. C'eût été ôter à ce Poëte sa physionomie sauvage ; d'ailleurs les noms ont tous, dans la langue Erse , une signification particuliere. Un extrait du Vocabulaire que M. Le Tourneur a donné éclaircira un peu cette nomenclature bizarre.

FINGAL.

CHANT PREMIER.

« Arto, le Roi d'Ullin, avoit fini sa vie ;
» Son fils devoit regner sur l'antique Hibernie :
» Mais aux mains de Cormac, foible et timide enfant,
» Le sceptre paternel est un fardeau pesant.
» Arto, dont cette crainte alarmoit la tendresse,
» Avoit su confier sa débile jeunesse
» Aux soins de son ami, le brave Témullin,
» Le Héros de Dunscar, et l'allié d'Ullin.
» Honoré d'un emploi que l'amitié lui donne,
» Sur le front de Cormac il soutint la couronne,
» Laissa dans son palais la triste Bragela,
» Et successeur d'Arto, vint regner à Thura. »
  Témullin reposoit sous un épais feuillage,
Son œil morne et farouche erroit sur le rivage :
Il pense à Caïrbar que son bras a vaincu ;
Sur le gazon naissant est couché son écu ;
Sur la mousse du roc on voit briller sa lance,
Redoutable instrument de mort et de vengeance.
A ce sombre repos qui viendra l'arracher ?
C'est la voix de Moran, il descend du rocher ;
Il peindra la terreur dont son ame est atteinte,
Mais jamais Témullin ne connoîtra la crainte.

« Leve-toi , dit Moran , regarde ces vaisseaux ;
L'Océan sous leur poids semble affaisser ses eaux ;
Du terrible Swaran c'est la flotte innombrable. »
« Moran , lui dit le Roi , la frayeur qui t'accable
A tes yeux prévenus a doublé ses soldats ;
Leur nombre, quel qu'il soit, ne m'épouvante pas.
Va, retourne au rivage, et d'un œil moins timide
Observe ces Guerriers, et reconnois leur guide ;
Peut-être que Fingal (1) , allié généreux.... «
« Non , répondit Moran , terrible au milieu d'eux ,
Le superbe Swaran leve sa tête altiere ;
Et semble dominer sur la nature entiere :
Son aspect est celui des rochers imposans
Que forment les glaçons entassés par les ans.
Ce sapin (2) est moins haut que sa lance éclatante ,
Et le disque brillant de la lune naissante
Ressemble au bouclier dont est armé son bras.
On voit autour de lui se presser ses soldats.
Swaran étoit assis sur une antique roche ;
Il m'apperçoit de loin, m'appelle , je m'approche ;
Et j'adresse ces mots au Prince de Loclin ,
Crains de perdre ta gloire aux campagnes d'Erin.
Tes soldats sont nombreux , dignes de toi sans doute ;
Mais parmi nos soldats aucun ne les redoute :
Cherche loin de Thura des succès plus heureux ;
La honte t'attendroit sous ses murs tortueux.
Par ce discours hardi sa rage est excitée ;
Il parle : de nos flots sur la mer irritée ,

Le bruit est moins affreux, moins sourd, moins imposant,
Que la voix du Héros que j'écoute en tremblant.
Ton Maître, m'a-t-il dit, connoît-il ma puissance ?
Sur sa tête insolente appellant ma vengeance,
Témullin à mes yeux marcheroit mon égal !
Témullin se croit-il plus puissant que Fingal ?
Ce Fingal que par-tout la terreur accompagne,
Quatre jours contre moi lutta sur la montagne ;
Le sol fut affaissé par l'effort de nos pas,
Les rochers ébranlés tomboient avec fracas ;
Et les eaux du torrent qui rouloient sur le sable,
Fuyoient, en mugissant, ce combat effroyable.
Fingal, un seul instant, me crut prêt à tomber :
Le Roi de l'Océan, dit-il, va succomber.
Non, dis-je, il est debout, et son bras indomptable
Peut long-temps à Fingal être encor redoutable.
Soldat, va raconter ce combat à ton Roi,
Et que son vain orgueil se courbe devant moi. »

« Non, répond Témullin, ce superbe langage
Ne peut ni m'étonner ni glacer mon courage ;
Jamais aucun mortel ne pourra m'effrayer :
Le sentier que Semo (3) se plut à me frayer,
Est celui de l'honneur ; il y marqua ma place,
Et vainqueur ou mourant, j'y serai sur sa trace.
Va, frappe avec ce fer l'écu de Cabaït (4),
Ce Héros dans Thura jadis le suspendit ;
De ce son belliqueux que le bois retentisse,
Que l'ennemi l'entende, et que son cœur fremisse. »

La lance de Moran frappe le bouclier ;
L'écho répete au loin ce signal meurtrier :
Il guida les Héros dans les champs de la gloire ;
Et fut toujours pour eux le cri de la victoire.
Armin du fond des bois accourt avec Cormal ;
Sur le côteau voisin est le jeune Rughal :
Ses traits, qu'embellissoient les roses de son âge,
Sont altérés, flétris par l'ardeur du carnage.
Déjà le fer brillant est aux mains de Calmar,
Près du fils de la Mer, on voit le fier Lugar :
Aux yeux de ces Héros brille une ardeur guerriere ;
Clessamor sous ses pas fait ployer la bruyere.
Hidalla, Caïrbar, amis de Témullin,
Coururent à l'envi dans les plaines d'Ullin :
La foule des Guerriers est bientôt innombrable,
Mais moins que leur valeur ce nombre est redoutable ;
Et leurs exploits passés, les faits de leurs aïeux
Leur semblent du triomphe être un présage heureux.
Leurs yeux cherchent au loin l'ennemi dans la plaine,
La victoire à leur cœur paroît déjà certaine ;
Le fer étincelant arme leurs bras nerveux,
Et de leurs flancs d'acier jaillissent mille feux.
Le chef avance orné des armes de son pere,
A des cœurs vertueux cette armure est bien chere.
Sur les pas de son chef, chacun de leurs soldats
Marche et semble animé par l'esprit des combats.
Du choc des boucliers les forêts retentissent,
A ce bruit effrayant leurs chants se réunissent ;

Et des dogues (5) guerriers les tristes hurlemens
Doublent encor l'horreur de leurs lugubres chants.
Ainsi roule un torrent du haut de nos montagnes ;
Tel le nuage épais menaçant nos campagnes ,
Se condense, se forme au-dessus du Malmor ,
Et porte dans son sein l'épouvante et la mort.
Sur le haut du Lena , pour marcher à leur tête ,
Témullin les attend ; d'un geste il les arrête :
« Salut , s'écria-t-il , enfans de Carmora ,
Généreux défenseurs de l'heureuse Thura ,
Laissons errer nos cerfs sous le bruyant feuillage ;
L'honneur à d'autres jeux désormais nous engage.
Combattrons-nous, amis , les fils de l'Océan ,
Ou nous courberons-nous sous le joug de Swaran ?
Parle , brave Cormal , de nos chefs le plus sage ,
Toi chez qui la prudence est égale au courage :
Ton bras a tant de fois renversé leurs soldats ;
Ce bras si redouté dans l'horreur des combats ,
Portera-t-il encor la lance de ton pere ?
Cormal , lui répond-il , est formé pour la guerre (6) ;
Sa lance est redoutable , et le Dieu des combats
Ne désavoûroit point les exploits de son bras :
Mais Cormal désapprouve une ardeur téméraire ,
Et la paix aujourd'hui lui paroît nécessaire.
Qui de vous, de Swaran a compté les soldats ?
Regardez l'Océan obscurci par ses mâts ;
Les roseaux du Lego (7) sont moins nombreux, peut-être.
D'attaquer l'ennemi , Témullin est le maître :

Mais à nombre inégal nous combattrons en vain,
Des fils de l'Océan le triomphe est certain :
Fingal même, Fingal, l'honneur de nos contrées,
Verroit avec effroi leurs lances acérées.
Cependant à Fingal les chefs les plus vaillans
Ont toujours opposé des efforts impuissans ;
Ils fuyoient devant lui, telles qu'en nos vallées ;
Des foibles arbrisseaux les tiges dépouillées
Cedent sans résistance aux Autans furieux,
Qui les traînent au loin dans leurs terribles jeux.
Dans le creux du vallon les noirs torrens mugissent,
De ce bruit effrayant nos échos retentissent ;
Et de la nuit assise au sommet du Lena,
Le voile obscur s'étend sur les champs de Rhona : »
    Ainsi parla Cormal ; mais ce discours trop sage
D'un Guerrier téméraire irrite le courage.
« Fuis, s'écria Calmar, foible ami de la paix,
Va poursuivre tes cerfs au fond de tes forêts ;
Tu pourras dans tes bois signaler ta vaillance,
Sans craindre les dangers que prévoit ta prudence.
Mais toi, fils de Semo, généreux Témullin,
Disperse devant toi les enfans de Loclin ;
Dans leurs rangs orgueilleux, viens, portons le ravage ;
Marchons accompagnés du démon du carnage ;
Esprits de la tempéte, ouragans furieux,
Aux cris de nos soldats, mêlez vos cris affreux,
Et que jamais vaisseau de la Scandinavie
Ne fatigue les flots de l'antique Hibernie ;

Que

Que je puisse à l'instant expirer à vos yeux :
Puissent de mon aïeul les mânes glorieux
Dans les plaines de l'air méconnoître mon ombre,
Si mon cœur fut jamais effrayé par le nombre ! »
« Modere, dit Cormal, cet imprudent transport;
On me vit avant toi m'exposer à la mort,
Défier l'ennemi dans le champ des alarmes,
Et me précipiter au milieu de ses armes.
Ce n'est point la frayeur qui dicte mes conseils,
Et la timidité sied mal à mes pareils.
Mais des temps écoulés la longue expérience,
A prévoir les dangers instruisit ma prudence,
Et mon œil reconnoît les présages vengeurs,
De la chûte des Rois, tristes avant-coureurs.
Redouté de Swaran, Fingal seul peut l'abattre;
Sans attendre Fingal, gardons-nous de combattre :
Mon cœur est pour la paix, je crains les coups du sort;
Si cependant on suit un aveugle transport,
Tu me verras, Calmar; mon bras aime la guerre,
Il te fera rougir d'un soupçon téméraire. »
« Non, s'écria le Roi, je cede à mon courroux,
Près de mon bouclier, soldats, rassemblez-vous.
Pardonne, cher Cormac, si mon impatience
De tes sages avis méconnoît la prudence;
L'audace quelquefois entraîne le succès :
Que les eaux de nos lacs, que nos tristes forêts
Brillent du sombre feu qui jaillit de nos armes;
Pour mon ame la guerre a je ne sais quels charmes;

B

J'aime le bruit du fer, le choc des combattans,
Les chants de la victoire, et les (8) cris des mourans.
Tels sont au Laboureur les éclats du tonnerre,
Lorsqu'en un jour brûlant il annonce à la terre
D'une longue chaleur le terme souhaité.
Mais d'un trouble secret mes sens sont agités :
Caïtbat, Ducomar, fiers enfans des tempêtes,
Et toi, brave Fergus, l'ornement de nos fêtes,
Dans le champ des Héros pourquoi n'êtes-vous pas ?
Vous que je vis toujours y devancer nos pas. »
A ces mots, un Guerrier vers Témullin s'avance ;
La pâleur de son front, sa marche, son silence,
Tout nous peint la douleur dont il est accablé.
« De quel sombre chagrin ton cœur est-il troublé ?
Parle, brave Fergus, quel sinistre présage
Annoncent ta tristesse et ce sombre visage....
Hélas ! dans le vallon, au pied de ce côteau,
Du jeune Caïtbat s'éleve le tombeau (9),
Et Fergus pour jamais vient de rendre à la terre
Du vaillant Ducomar la dépouille derniere.
Caïtbat, Ducomar, hélas ! vous n'êtes plus ;
Dans l'abîme éternel tous deux sont descendus ;
Et toi, belle Morna, pourquoi la mort sanglante
A-t-elle osé sur toi poser sa main pesante ?
Tes graces, ta jeunesse, et l'amour des Héros,
N'ont donc pu désarmer le Démon (10) des tombeaux ?
Un jour à Caïtbat le destin l'a montrée,
Et ce jour lui ravit une amante adorée.

Ainsi lorsqu'en nos champs un triste voyageur
De la nuit, dans sa course, accusant la lenteur,
S'égare en appellant le retour de l'aurore,
La brillante lueur d'un léger météore
A ses pas incertains offre un guide nouveau ;
Cet astre vacillant lui prête son flambeau :
Il éclaire un instant sa marche solitaire ;
Mais un instant détruit sa clarté passagere.
Le fer de Ducomar, après un long combat,
Sur le bord du torrent a frappé Caïtbat ;
Retirant de son sein l'épée encor fumante,
Son farouche vainqueur va trouver son Amante :
« Jeune beauté, dit-il, séduisante Morna,
Que fais-tu, solitaire, au rocher de Lena ?
Tes yeux sont un ciel pur, ta blancheur éclatante
Efface de nos champs la neige éblouissante ;
Tes cheveux sur ton sein négligemment jetés,
Par le souffle des vents doucement agités,
Ressemblent aux vapeurs qu'éleve la tempête,
Et qui du noir Cromla veut couronner la tête ;
Le marbre du Malmor est moins beau que ton sein ».....
« Cesse tes vains discours : quel que soit ton dessein,
Lui répondit Morna, Guerrier sombre et farouche,
Ne crois pas que jamais ce langage me touche,
Ton œil noir à mon ame inspire la terreur,
Renonce au vain espoir de captiver mon cœur ;
Viens plutôt rassurer une Amante alarmée.
Dis-moi, des ennemis n'as-tu pas vu l'armée ?

Du Prince de Loclin les soldats déchaînés
Ravagent-ils encor nos champs abandonnés ? »
« Je quitte, lui dit-il, les sauvages repaires,
Des hôtes de nos bois retraites ordinaires ;
D'un cerf à qui mes mains ont envoyé la mort,
Du plus brillant des cerfs, l'ornement du Malmor,
Je viens te présenter la dépouille sanglante ;
Mes dogues l'ont surpris dès l'aurore naissante :
Son chef étoit orné de rameaux imposans,
Et ses pieds égaloient la vîtesse des vents. »
Avec fierté Morna rejette son hommage.
« Fuis, dit-elle, fuis-moi, chasseur triste et sauvage;
Autant que tes présens ton nom m'est odieux :
L'aimable Caïtbat peut seul plaire à mes yeux.
Seul, le fils de Torman occupe ma pensée.
Son image à mon cœur par l'amour retracée,
D'un rayon du soleil a pour moi la douceur ;
Caïtbat, de Morna peut seul être vainqueur :
Aux vœux de Caïtbat mon ame est asservie,
Caïtbat est enfin l'arbitre de ma vie.
Va donc, cours le chercher sur les bords du torrent ;
Dis-lui que sur le roc son Amante l'attend.
Cette attente, Morna, pourroit être trompée ;
Tiens, regarde son sang : il est sur mon épée.
Mes mains ont immolé ce rival odieux ;
Ducomar reste seul, fixe sur lui tes vœux :
Il est dans son courroux semblable à la tempête. »
Morna sur son beau sein laisse tomber sa tête ;

« Il a péri, dit-elle, aux plaines de Rona,
L'honneur de la Patrie et l'amour de Morna.
Dans son sang généreux ta main s'est donc trempée? »
« Traître ! j'aime ce sang : donne-moi cette epée. »
Elle arrache à ces mots le fer encor sanglant ;
Du cruel Ducomar elle perce le flanc.
Ducomar frappé, tombe : ainsi de la montagne
Un rocher détaché roule dans la campagne.
Sur elle Ducomar tourne ses yeux mourans ;
Il adresse à Morna ces pénibles accens :
« La mort de Caïtbat par ta mort est vengée ;
Je pardonne aux transports d'une Amante outragée ;
Mais que mon sang suffise au courroux de Morna.
Sur le côteau voisin habite Moïna,
Ducomar fut l'objet de son amour premiere ;
Vas, et dis-lui quel coup a borné ma carriere :
Ses soins, à Ducomar, sur le prochain côteau,
Accorderont du moins l'honneur d'un vain tombeau.
Mais quel tourment affreux ! tout à mes yeux s'efface,
Ce glaive dans mon flanc.... je le sens qui me glace....
Je ne respire plus, ôtez-le de mon sein :
Morna, rendez ce fer à ma tremblante main. »
Morna, par sa pitié cruellement trompée,
S'approche en gémissant, retire cette épée ;
Ducomar la saisit, fait un dernier effort ;
Dans le sein de Morna son bras porte la mort ;
Et, vengé, satisfait du succès de son crime,
Il retombe expirant aux pieds de sa victime.

B 3

Le fidele récit de ces affreux malheurs
Aux féroces soldats arrache quelques pleurs ;
Et leur chef attendri , sur ses brillantes armes,
Pour la premiere fois laisse tomber des larmes.
« Que vos ames , dit-il , au sein de leurs tombeaux ,
Y jouissent enfin d'un éternel repos :
Ducomar, Caïtbat, héros dont la victoire
A déposé les noms au temple de la gloire ;
Fantômes belliqueux , au milieu des combats ,
Dans le jour du péril affermissez mes pas ;
Que je voie en tous lieux votre image sanglante
Semant autour de moi la mort et l'épouvante :
Et toi , belle Morna, lorsque dans son palais
Témullin jouira des douceurs de la paix ,
Fais paroître à ses yeux une vapeur légere
Qui porte de tes traits l'image mensongere (11);
Et que son cœur , charmé des erreurs du sommeil ,
Attende doucement le moment du réveil.
Mais , hélas ! que la paix est loin de ces contrées !
Combien d'heures encore à la mort consacrées !
Rassemblez nos Tribus , marchons aux ennemis :
A leur farouche aspect je sens que je frémis ;
Je veux porter la mort dans leurs lignes serrées ,
Qu'on remplisse mon char de lances acérées.
Amis , que nos efforts , que nos cris confondus ,
Portent par-tout l'horreur dans leurs rangs éperdus ;
Et que , sentant par vous son ardeur redoublée ,
Mon ame se déploie au fort de la mêlée. »

Ainsi parla le Roi; les soldats furieux
Poussent jusques au ciel des cris tumultueux:
Semblables au torrent que grossit un orage,
Ils s'élancent; leur chef modere leur courage:
Elevé sur son char, il domine sur eux:
Telle de l'Océan habitans orgueilleux,
La Baleine nageant rompt la vague étonnée,
Et des flots mugissans avance environnée.
L'ennemi les entend, et déjà dans son cœur
Il conçoit du triomphe un présage flatteur.
« Qu'est-ce donc, dit Swaran, de la côte lointaine,
Quel murmure confus se répand dans la plaine?
Tels sont sur nos marais, dans les nuits du printemps,
Des insectes du soir les sourds bourdonnemens.
Cours, fils d'Arno, dis-moi si tu vois des bruyeres
Descendre d'Inisfail les troupes téméraires:
Il obéit, revient; l'esprit de la terreur
A marqué tous ses traits d'une secrete horreur;
De ses sens avec peine il a repris l'usage;
Il parle, et la terreur lui dicte ce langage (12).
« Redoute les combats, & fuis loin de ce bord;
J'ai, du haut du Léna, vu descendre la mort;
J'ai des enfans d'Erin vu les files profondes;
J'ai cru de l'Océan voir s'avancer les ondes.
Le char de Témullin, tel qu'un noir tourbillon,
Est porté par les vents à travers le vallon;
Il ressemble à ce flot qui s'avance au rivage,
A ce nuage épais qui précede l'orage:

B 4

Deux coursiers écumans, Siffada, Duronnal
Traînent ce char pompeux; leur courage est égal :
Tous les deux , descendus des sauvages bruyeres,
Agitent fierement leurs flottantes crinieres ;
Sous leurs pas redoublés , le sol frappé gémit ,
Ils semblent entraîner la main qui les conduit ;
Le mors brille à travers l'écume blanchissante,
Et ne retient qu'à peine une ardeur renaissante :
Tel est dans nos forêts la course de nos cerfs ,
Tel l'Aigle audacieux descend du haut des airs. »
Elevé sur son char, le chef de leur armée,
Roule, plein de fureur, sa prunelle enflammée.
Qui peut voir, sans effroi, l'orgueilleux Témullin ?
Crois-moi , quitte ces bords, fuis, Prince de Loclin.
Il traîne après son char la victoire enchaînée :
Ne va point t'exposer à sa rage effrénée ;
Fuis , Roi de l'Océan, cede au Dieu des combats.
Que pourroit contre lui tout l'effort de ton bras ?
Je l'ai vu se pencher en agitant sa lance :
Fuis, te dis-je , avec lui, c'est la mort qui s'avance. »
« Et quand m'as-tu vu fuir, fils d'Arno : réponds-moi ?
Me crois-tu donc timide et lâche comme toi ?
Quand j'ai sur le Gormal affronté la tempéte ,
Quand la vague élevée a menacé ma tête,
Ai-je fui? Penses-tu qu'au plus foible Guerrier,
Le Ciel ait réservé l'honneur de m'effrayer (13) ?
Si Fingal me bravoit , avec impatience
Sur le sein de Fingal j'irois briser ma lance.

L'ennemi vient, marchons au devant de ses coups ;
Près de mon bouclier, soldats, rassemblez vous.
Tel un mont sourcilleux au fort de la tempête
Oppose les forêts qui défendent sa tête. »
Les enfans de Loclin, animés par ces mots,
De leurs cris redoublés fatiguent les échos ;
Avec la même ardeur le fils d'Erin s'avance :
Tels du haut de deux monts deux nuages s'élancent,
Par des vents furieux tous les deux sont poussés,
La mort cache en leur sein ses foudres entassés,
Sur nos bois obscurcis ils prolongent leurs ombres,
Ils se heurtent bientôt; de feux pâles & sombres
L'éclair accéléré teint leur profonde nuit,
La foudre éclate au loin et le trépas la suit.
La trompete a donné le signal du carnage (14),
La mort offre en tout lieu son effrayante image.
Le soldat n'écoutant que d'aveugles transports,
Sur le fer ennemi précipite son corps ;
La valeur, en ce jour, a surpassé la haine !
Le trait siffle dans l'air, d'un sang noir dans la plaine
Fument en bouillonnant d'exécrables ruisseaux,
Le Démon des combats dévore les Héros ;
Le fer frappe le fer, la lance meurtriere
Fait jaillir de l'acier des éclats de lumiere :
Par l'écho des forêts les cris font répétés ;
On eût cru voir les flots l'un vers l'autre portés,
Ou, la nuit, redoublés par son horreur profonde,
Entendre les éclats de la foudre qui gronde.

Des Héros en ce jour pour chanter les exploits,
O Bardes de Cormac, unissez vos cent voix!......
Mais vos chants pourroient-ils suffire à tant de gloire?
Artan, jeune guerrier qu'immola la victoire?
L'amour de Fiona, brave & fidele Artan,
Toi qu'a percé le fer du terrible Swaran,
Des pleurs suivront du moins le malheur de tes armes,
Ta mort de Fiona fera couler les larmes;
L'ami du jeune Artan, le noble Sytallin,
Tombe aussi sous tes coups, ô Prince de Loclin!
Plus tu verses de sang, plus ton cœur s'en altere:
Tel le démon cruel qui lance le tonnerre,
L'esprit de la tempête, assis sur le Gormal,
De la destruction donne l'affreux signal,
Rugit parmi les vents que sa fureur déchaîne,
Et couvre les rochers des débris qu'il entraîne;
Mais tandis que Swaran moissonne tes Héros,
Ton bras ne languit point dans un lâche repos:
Témullin, et ton char enflammant la bruyere,
Porte par-tout les coups de ta lance guerriere :
Rien ne peut t'échapper. Tels du sommet des monts,
Renversant, entraînant les enfants des vallons,
On voit les ouragans précéder le tonnerre.
Fuyez; le Roi d'Erin est le Dieu de la guerre.
A son cruel aspect tout tremble, tout pâlit;
Des guerriers les plus fiers l'audace s'affoiblit.
Les humains aux coursiers ont inspiré leur rage;
Siffada, Duronnal, au milieu du carnage

Se baignent dans le sang que leur maître a versé,
Et foulent à leurs pieds le soldat terrassé.
Que d'illustres mortels le glaive frappe encore :
Pleure sur tes rochers, ô fille d'Inistore !
Tu passois en beauté ces esprits bienfaisans
Qui chérissent nos monts, et que l'aile des vents
Fait errer en silence au lever de l'aurore,
Sur les fleurs qu'au printemps sa fraîcheur fait éclore.
Edgard, ton jeune amant a subi le trépas ;
La douleur, pour jamais, va flétrir tes appas ;
Tu n'exciteras plus ni l'amour ni l'envie ;
Le fer de Témullin a terminé sa vie.
Les échos, par ses cris, ne seront plus troublés ;
Ses traits sont suspendus, ses dogues désolés,
Qui l'attendent encore attachés sur la rive,
Hurleront en voyant son ombre fugitive.
Les flots contre un écueil roulent avec fureur ;
Telle est des assaillans l'impétueuse ardeur.
L'écueil repousse au loin leur effort inutile ;
Tel Témullin présente une masse immobile.
Le démon du carnage appellant la terreur,
Porte parmi les rangs le désordre et l'horreur.
Il jouit de la mort, plane sur chaque tête,
Et son cri déchirant seul par-tout se répete.
Frappés de ses accens, les rochers ébranlés
Portent son bruit affreux aux flots amoncelés.
Mais quels sont ces guerriers dont la marche imposante
Accable de leur poids la colline tremblante ?

Leur aspect effrayant rappelle à tous les yeux
Des nuages obscurs le cours majestueux ;
Et le fer éclatant dont s'arme leur courage ,
Semble l'éclair brillant qui perce le nuage :
L'œil de tous les soldats sur eux seuls est fixé ,
Les coups sont suspendus , le combat a cessé.
Swaran et Témullin mesurent la carriere ,
Mais le jour à leurs vœux refuse sa lumiere ;
La nuit vient séparer ces cruels ennemis ,
Et laisse du combat le succès indécis.
Témullin à regret s'éloigne de la plaine ,
Il gagne à pas tardifs la colline prochaine ,
Où sa voix rassemblant les fiers enfans d'Erin ,
Ordonne les apprêts d'un champêtre festin.
On apporte un chevreuil , conquête matinale ,
Qu'amusant par ces jeux leur ardeur martiale ,
Les plus jeunes Héros devançant le soleil ,
Avoient sur le Gormal surpris à son réveil.
Entre tous les Guerriers (15), selon l'antique usage ,
Des apprêts du festin le travail se partage.
De bruyere séchée on éleve un monceau ,
Des veines du caillou jaillit un feu nouveau.
La bruyere en son sein le reçoit ; il pétille ;
A leurs yeux réjouis déjà la flamme brille :
La fumée épaissie à la flamme se joint ,
Et le bruit du festin se fait entendre au loin.
« La fête pour nous seuls est-elle destinée ?
S'écria Témullin : sur la rive éloignée (16) ,

Cherche, sage Carril, la tente de Swaran ;
Fais entendre ta voix au Roi de l'Océan :
Dis-lui que Témullin va célébrer sa fête ;
Je l'engage à s'asseoir au festin que j'apprête.
De nos Bardes sacrés il entendra les chants
Célébrer des Héros les exploits éclatans :
Aux plaisirs de la paix donnons la nuit entiere ;
Le jour ramenera les travaux de la guerre.
Au superbe Swaran le Barde est présenté ;
Il l'invite au festin de l'hospitalité.
La voix du vieux Carril est séduisante et douce ;
Mais sourd à ses accens, l'ennemi les repousse.
« Remporte, lui dit-il, tes paroles de paix ;
De son festin pour lui qu'il garde les apprêts.
Pour la triste Inisfail, apprends quelle est ma haine :
Quand toutes les beautés, dont ta patrie est vaine,
Viendroient me présenter leurs appas séduisans,
Leurs regards enchanteurs, leurs seins éblouissans,
Leurs graces, leurs attraits, tout seroit inutile ;
Dans sa tente Swaran resteroit immobile.
Il n'est pour lui ni paix, ni plaisir, ni festin.
Qu'il n'ait vu sous ses coups expirer Témullin.
Les nuages sont noirs, la nuit est sans étoiles ;
C'est le vent de Loclin qui mugit dans mes voiles :
Il regne sur nos mers, son murmure me plaît ;
Dans les bois du Gormal, c'est ainsi qu'il souffloit,
Alors que, poursuivant le sanglier sauvage,
De son sang répandu je rougissois la plage.

Entre des ennemis il n'est aucun accord ;
Je viens chercher ici la victoire ou la mort.
Si ton Maître à ses vœux prétend que je me rende ,
Du Trône de Cormac qu'à l'instant il descende ;
Mais s'il s'oppose encore à l'effort de mon bras ,
Il ne verra Swaran qu'au milieu des combats. »
De Témullin , ainsi fut reçu le Ministre :
« De Swaran , dit Carril, le langage est sinistre.
Sinistre pour lui seul , lui répondit le Roi ;
De l'hospitalité mon cœur suivit la loi ,
Son orgueil la dédaigne ; eh bien ! qu'il nous attende ,
Du festin jusqu'à lui que le bruit se répande ;
Mais oublions Swaran et sa triste fureur ,
De la nuit par tes chants abrege la longueur :
Fais nous , sage Carril , la touchante peinture
De ces siecles fameux chéris de la nature ,
Où la fiere Inisfail a produit dans son sein
Ces guerriers, l'ornement et la gloire d'Erin ,
Et ces jeunes beautés pour l'amour destinées ,
Et dont l'amour souvent affligea les années.
Ce souvenir me plaît , et ces chants de douleur
De la guerre un instant suspendant la fureur ,
Répandent un jour doux sur son horreur profonde ,
Et consolent mon cœur des désastres du monde. »
Sur le Barde, à l'instant, chacun fixa les yeux ,
Et Carril commença ses chants harmonieux.

    » Nos peres, dans leur premier âge (17),
    » Ont vu de l'Océan les superbes enfans.

» D'Inisfail couvrir le rivage ;
» Mille vaisseaux, sur les flots bondissans,
» Portant la mort et le ravage,
» Vers les plaines d'Ullin voguoient au gré des vents.
» Les fiers enfans d'Erin, pleins de force et d'audace
» Qu'anime le danger, qu'irrite la menace,
» Repoussèrent enfin ces nombreux assaillans.
» Caïrbar, l'ami de la guerre,
» Grudar, jeune guerrier, beau comme le printemps,
» Tous deux l'espoir de cette terre,
» Brilloient parmi les combattans.
» Superbes rivaux en courage,
» Pour un taureau nerveux, aux flancs éblouissans,
» Mais indigne sujet de fureur et de rage,
» Ils s'étoient combattus long-temps ;
» Pour ce Roi des troupeaux, l'honneur de la contrée,
» La mort dans leurs bras menaçans
» Plus d'une fois s'étoit montrée ;
» Oubliant leurs jaloux transports,
» Tous deux unissent leurs efforts,
» Et chassent l'étranger d'une rive chérie.
» Leur nom, plus foudroyant que celui de la mort,
» Est le rempart de leur Patrie.
» Mais, ô cruel arrêt du sort !
» Eux-mêmes de leur sang vont rougir la prairie.
» Pourquoi faut-il que ce taureau fatal,
» Sur le Golbun mugisse encore ?
» Il bondit à leurs yeux au retour de l'aurore,

     » Et d'un affreux duel redevient le signal.

» Aux rives du Lubar, les Héros combattirent,

» De leurs coups furieux les échos retentirent ;

     » Le jeune Grudar expira.

     » Soudain aux vallons de Thura ,

     » Son farouche vainqueur se montre ;

     » Là vient s'offrir à sa rencontre ,

     » Brassolis aux yeux languissans ;

» Des sœurs de Caïrbar elle est la plus aimable ;

» Elle aime ce Guerrier, qu'un fer impitoyable

     » Vient de frapper à la fleur de ses ans :

» Instruite des dangers où ce Héros s'engage ,

» Son triste cœur le suit dans les champs du carnage.

     » Malgré de noirs pressentimens,

     » Elle espere le voir encore ;

     » Elle compte tous les instans

     » Que le temps entraîne et dévore ,

» Et ses gémissemens remplissent le vallon.

     » Dans la douleur et l'abandon

     » Où flotte son ame incertaine ,

     » Ses pas sont errans sans dessein ;

» Son voile détaché par les vents de la plaine ,

» Découvre quelquefois les contours de son sein ;

     » Ainsi qu'au temps des noirs orages ,

     » L'astre bienfaisant qui nous luit ,

     » Sort un instant d'un grouppe de nuages ,

     » Pour consoler des horreurs de la nuit.

» Elle appelle Grudar… Le luth a moins de charmes

                      » Que

» Que ses accens tendres & douloureux.

» Ah ! quand reviendras-tu dans l'éclat de tes armes,

» Guerrier puissant et généreux ?

» Tiens, lui dit Caïrbar, d'un son de voix terrible,

» Vois de mon ennemi le bouclier sanglant ;

» Il est à moi. De mon bras invincible

» Je viens de l'arracher à son bras défaillant.

» Suspends au haut de ma demeure

» Ce monument d'un rival qui n'est plus ;

» Et retiens des vœux superflus ;

» Grudar a vu sa derniere heure.

« Pâle, éperdue, elle vole à ces mots,

» Voit son amant sur le sanglant rivage ;

» De son sein oppressé de douleur et de rage,

» Il ne sort ni cris ni sanglots :

» Cet objet glace et son sang et ses larmes ;

» Elle veut embrasser les restes du Héros . . . .

» Et tombe morte sur ses armes.

» Ce n'est qu'ainsi que finissent nos maux.

» Témullin, c'est ici que repose leur cendre.

» Ces deux Ifs nés sur leurs tombeaux,

» Guidés par un instinct si tendre,

» Unissent leurs épais rameaux.

» Grudar étoit l'ornement des côteaux,

» Et Brassolis la beauté de la plaine.

» Nous éterniserons leur touchant souvenir,

» Et s'ils ont espéré vivre dans l'avenir,

» Leur attente ne fut point vaine. »

C

« Que tes accens sont doux ! s'écria Témullin ;
Chantre des temps fameux chers aux enfans d'Ullin :
Telles sont du printemps les fécondes rosées
Par le zéphyr naissant sur nos champs dispersées ,
Alors que du soleil les rayons bienfaisans
Traversent des vapeurs les voiles transparens.
Ah ! que j'entende encor ta voix mélodieuse :
Reprends, mon cher Carril , ta harpe harmonieuse ;
Célebre mon épouse et ses touchans appas.
Hélas ! je la quittai pour courir aux combats ;
Bragela , de Dunscar cet astre tutélaire ,
Sur les bords du rivage errante et solitaire ,
Elle attend mon retour, le presse par ses vœux ;
L'immensité des mers s'offre seule à ses yeux.
N'attends plus mes vaisseaux ; ta vue appesantie
Te trompe , Bragela ; c'est la vague blanchie
Qui roule loin de toi sur l'humide élément.
Il ne vient point encor ce fortuné moment
Où la foible lueur des tremblantes étoiles
Sur le vaste Océan te montrera nos voiles.
Rentre dans ton palais & suspends ta douleur ,
Des rochers escarpés abandonne l'horreur :
Fuis les vents orageux ; sauve , je t'en conjure ,
De leur souffle glacé ta blonde chevelure.
Rentre dans ce palais, témoins de nos plaisirs ,
Et charme tes ennuis par leurs doux souvenirs.
N'attends plus ton époux ; le tumulte des armes
Le tiendra trop long-temps éloigné de tes charmes.

Mais, hélas! à mon cœur, pourquoi la retracer?
La fille de Sorglan, que j'ai dû délaisser,
Bragela m'est trop chere, et mon ame affoiblie
Perd à ce souvenir cette noble furie,
Qui, vengeant l'orphelin, doit animer mon bras.
Oublions-la, Cormal; parle-moi de combats:
J'implore en ce moment ton amitié sévere. »
« Ecoute, dit Cormal, un avis salutaire:
Des fils de l'Océan tu connois la valeur;
La nuit sombre ne peut enchaîner leur fureur;
Peut-être en ce moment elle n'est qu'assoupie;
Craignons-en le réveil. Qu'une troupe choisie
Aille observer leur camp, leur maintien, leurs projets,
Et du moins, cette nuit, nous assure la paix.
Mais si tu crois Cormal à qui ta gloire est chere,
Suspendons, s'il se peut, les horreurs de la guerre,
Des enfans de Morven attendons le retour;
Attendons que Fingal, tel que l'astre du jour,
Lorsque par ses rayons il féconde la plaine,
Vienne fixer sur nous la fortune incertaine. »
A ces mots Témullin frappe son bouclier.
A ce signal connu, soudain chaque Guerrier
Vient d'un choix glorieux briguer la préférence;
Mais moins que leur courage, écoutant la prudence,
Témullin forme un corps des plus sages d'entr'eux;
Seuls ils veillent pour tous. Leurs compagnons nombreux
Au murmure des vents, dorment dans les ténebres;
Bientôt on n'entend plus que des accens funebres;

Les spectres des Guerriers dans ce jour abattus,
Dans le vague des airs se montrent suspendus,
Vers leurs amis dormans, portés sur leurs nuages,
Viennent les effrayer de leurs sombres images;
Et, fantômes errans, interpretes du sort,
Murmurent tristement des présages de mort.

EXPLICATION

DES

NOMS GALLIQUES.

ARDAN, —— orgueil, nous en avons fait Artan.

ARMIN, —— Héros.

CAIRBAR, —— homme fort.

CALMAR, —— homme robuste.

CARMORA, —— grande montagne pleine de rochers.

CLESSAMOR, —— grandes actions.

CROMLA, —— montagne de l'Ulster.

CRUGAL, —— qui a un beau teint, nous en avons fait Rugal.

CUCHULLIN, —— voix d'Ullin. Ce nom, d'une prononciation désagréable, revenant très-fréquemment dans le Poëme, nous lui avons substitué celui de Témullin.

CURACH, —— rage de la bataille.

DURONNAL, —— cheval de Cuchullin.

ERIN, —— ancien nom de l'Irlande, compofé de *ear*, ouest, et de *in*, île.

FERGUS. —— l'homme de la parole.

FIONA, —— belle femme.

GOLBUN, —— montagne penchée.

INISFAIL, —— Ifles des Failes ou Falans, nom de la premiere colonie qui peupla l'Irlande.

C 3

LEGO, —— Lac des maladies.
LOCLIN, —— nom de la Scandinavie.
LORA, —— Bruyant, nom d'une riviere.
LUBAR, —— nom d'une riviere.
MALMOR, —— grande colline.
MOINA, —— femme d'humeur douce.
MORAN, —— plusieurs.
MORNA, —— aimée de tout le monde.
MORVEN, —— chaîne de hautes montagnes.
SIFFADA, —— qui marche à grands pas. Le cheval de Cuchullin.
SYTALLIN, —— bel homme.
TEMORA, —— maison du bonheur.
TORMAN, —— tonnerre.
TURA, —— forteresse de l'Ulster.
ULLIN, —— ancien nom de l'Ulster.

NOTES.

(1) **F**INGAL, pere d'Ossian, étoit Roi de *Morven*, partie de l'Ecosse, qui borde la mer au Nord-Ouest. Il eut de différentes femmes, Ossian, Fillan, Fergus, Rino, et une fille nommée Bosmina. L'amour d'Ossian pour son pere, l'enthousiasme religieux avec lequel il décrit ses exploits, portent l'attendrissement & le respect dans l'ame du Lecteur. Fingal est le premier des Héros; Ossian, le meilleur des fils, et le plus éloquent des Bardes.

(2) *Ce sapin est moins haut que sa lance éclatante.*

Les comparaisons sont très-multipliées dans ce Poëme. C'est le langage de la nature; il a cependant le défaut de la monotonie. Nous aurions pu supprimer un grand nombre de ces comparaisons qui, roulant sur les mêmes objets, présentent le retour des mêmes idées. C'eût été dénaturer notre modele. Il ne faut point perdre de vue que le génie d'Ossian ne connut aucunes regles; il jeta sur une nature sauvage le coloris d'une imagination brillante : il fit tout ce qu'il pouvoit faire avec les matériaux qu'il eut en son pouvoir : ses fautes, ses écarts ne doivent s'attribuer qu'au temps où il a vécu, au climat qu'il habitoit, et aux évènemens qu'il eut à peindre.

(3) *Le sentier que Semo se plut à me frayer . . . .*

Semo étoit le pere de Cuchullin.

(4) *Va, frappe avec ce fer l'écu de Cabaït.*

Cabaït étoit l'aïeul de Cuchullin; son bouclier servoit à donner le signal des combats. Les boucliers des Calédoniens étoient de fer, et quelquefois décorés de lames d'or. Ceux des Chefs avoient plusieurs bosses qui, frappées avec la lance ou l'épée, rendoient des sons différens. Chacun d'eux avoit un signification particulière. Nous voyons dans Temora, autre Poëme d'Ossian, quelques détails relatifs à cet usage des boucliers.

« A ces mots il frappe son bouclier, funeste signal du combat.
» De tous côtés les ombres épouvantées fuient dans les airs....
» Les harpes des Bardes roulent d'elles-mêmes un son lugubre
» et plaintif. —— Fingal frappe une seconde fois son bouclier.
» L'image des combats se mêle au songe de ses guerriers. ——
» Mais quand le troisième son du bouclier de Morven frappa
» les airs, les chevreuils réveillés en sursaut tremblerent dans le
» creux de leurs rochers. —— Les enfans de Morven portent la
» main à leurs lances, ils ont reconnu le bouclier de leur Roi. »

Quelques lignes plus loin, le Poëte décrit ainsi le bouclier de Cathmor, frère de Cairbar, usurpateur du Trône de Cormac.
« Sept bosses s'élevent sur ce bouclier, ce sont les sept voix du
» Roi, que les vents apportent à ses Chefs, & les Chefs
» distribuent ses ordres à ses Tribus. »

Les Calédoniens avoient pour armes offensives, la lance, les fleches, le poignard et l'épée; pour armes défensives, le casque et le bouclier. Leur tactique étoit extrémement bornée ; combattant presque toujours à pied, ils marchoient à l'ennemi en chantant l'hymne du combat. Mais le courage individuel suppléa long-temps, chez ces peuples, à la discipline militaire. Les Romains n'ayant pu les vaincre, se contenterent d'opposer une barrière à leurs excursions, en bâtissant la fameuse muraille d'Adrien. Si l'on étoit surpris que des peuples encore sauvages aient arrêté les armes victorieuses des Romains, nous renverrions à la lecture d'Ossian, pour y trouver la solution de ce problème.

(r) *Et des dogues guerriers les tristes hurlemens.*

C'étoit un usage constant parmi les Calédoniens, de se faire suivre à la guerre par leurs chiens, qui combattoient à côté d'eux. Il est souvent question de ces animaux dans les Poésies d'Ossian.

Chez un peuple chasseur , le chien est néceſſairement l'ami , le compagnon , & le défenseur de son maître. On se rappelle avec horreur à quel point les Espagnols abuserent de l'instinct des dogues , en les accoutumant à dévorer les Indiens , lors de la conquête du Mexique. Un de leurs Historiens rapporte qu'il fut · assigné une double paye à un chien qui s'étoit distingué par la mort d'un grand nombre de ces misérables.

(6) *Cormal , lui répond-il , est formé pour la guerre.*

Tout le discours de Cormal offre un mélange de prudence et de courage. C'est le Nestor du Poëme. Il existe plus d'un rapport entre Ossian & Homere. Le caractere de Cormal , mis en opposition avec l'impétuosité de Calmar , donne lieu à des beautés de détail. Sa prévoyance dispose le Lecteur aux événemens du second chant , où l'on verra Cuchullin vaincu pour avoir négligé ses conseils.

(7) *Les roseaux du Lego sont moins nombreux peut-être.*

Le lac du Lego , perpétuellement couvert de brouillards , dont les exhalaisons causoient souvent des maladies mortelles , est pluſieurs fois cité dans le Poëme. Les Calédoniens croyoient que les ames des morts restoient enveloppées dans ses brouillards , jusqu'à ce qu'un Barde eût chanté leur hymne funebre ; ensuite elles se distribuoient dans les nuages , commandoient aux élémens, et revêtoient quelquefois des formes fantastiques pour apparoître à leurs amis.

(8) *Les chants de la victoire & les cris des mourans.*

Cette image pourra révolter. Le véritable Héros n'aime point les cris des mourans. L'humanité est beaucoup au-dessus de la valeur ; mais Ossian a gardé cette vertu pour en faire un des traits du portrait de Fingal. Tous les autres sont sacrifiés à ce Héros du Poëme. On ne peut assez remarquer l'art avec lequel Ossian , dès le premier chant , a su mettre l'éloge de Fingal dans la bouche de tous les guerriers. On ne le voit point encore, et on le préfere déjà à tous les Acteurs que le Poëte a fait paroître sur la scene.

(9) *Du jeune Caïtbat s'éleve le tombeau.*

Voici la maniere dont M. Le Tourneur décrit les funérailles des Calédoniens.

« On étendoit le corps sur une couche d'argile au fond d'une fosse de six ou huit pieds de profondeur. Si le mort étoit un guerrier, on plaçoit à côté de lui son épée & douze fleches ; on couvroit le corps d'une seconde couche d'argile, sur laquelle on mettoit le bois d'un cerf, ou d'une autre bête fauve, comme un symbole de la chasse ; quelquefois on tuoit le dogue favori du défunt, et on le plaçoit sur cette seconde couche d'argile ; on recouvroit le tout d'une terre choisie, & quatre pierres élevées aux quatre coins de la tombe en marquoient l'étendue. »

(10) *Tes graces, ta jeunesse, & l'amour des Héros,*
  N'ont donc pu désarmer le démon des tombeaux.

Le démon des tombeaux, l'esprit de la tempête, l'esprit de la colline, le démon du carnage, sont des expressions familieres à Ossian ; elles tiennent à la mythologie des Calédoniens. Leurs idées religieuses se bornoient à admettre des especes de génies qui se partageoient les élémens, & l'influence sur toutes les grandes actions de la vie.

(11) *Fais paroître à ses yeux une vapeur légere,*
  Qui porte de tes traits l'image mensongere.

Ce passage tient encore à leur mythologie, & aux idées qui font la matiere des notes précédentes.

(12) *Il parle, & la terreur lui dicte ce langage.*

Ce discours est beaucoup plus long dans l'original ; le fils d'Arno entre, sur le char de Cuchullin, dans des détails que sa frayeur a dû l'empêcher d'appercevoir. Voici quelques vers où nous avons essayé de les peindre , et que nous avons eu ensuite la sageffe de supprimer.

> Sur ses bords incrustés , l'onyx & le rubis
> Présentent mille feux à nos yeux éblouis :
> Tel est, pendant la nuit, sur la mer irritée ,
> Le feu dont se colore une vague agitée :
> Le siége est formé d'os et séchés et blanchis,
> Le timon , de deux ifs artistement unis :
> On voit près du Héros cent lances hérissées ;
> On en voit à ses pieds cent autres entassées. . . . .

Ces détails déplacés dans le discours du fils d'Arno, étoient intéressans pour les contemporains d'Ossian. Cuchullin passoit pour l'inventeur des chars ; la description du sien devenoit par cette raison une chose à conserver.

(13) . . . . *Penses-tu qu'au plus foible guerrier,*
Le ciel ait réservé l'honneur de m'effrayer ?

Il y a entre la réponse de Swaran au fils d'Arno , et celle de Cuchullin à Moran, une conformité frappante. Telle eft la marche de la nature ; les mêmes situations font naître les mêmes idées, et se rendent de la même maniere. Homere partage avec Ossian le reproche de monotonie que nous pourrions lui faire ici. Un goût sévere proscrit des répétitions , mais il n'arrive que long-temps après les productions du génie ; il est le fruit d'une longue suite de siecles , et de la lecture assidue des bons modeles. Homere et Ossian n'en avoient point ; ils eurent de grandes beautés & de légers défauts.

(14) *La trompette a donné le signal du carnage.*

L'instrument dont se servoient les Calédoniens pour s'animer au combat , étoit une espece de cornemuse. Nous n'avons pas cru ce terme assez noble ; nous l'avons rendu par celui de trompette.

(15) *Entre tous les guerriers, selon l'antique usage,*
Des apprêts du festin, le travail se partage.

Nous avons encore supprimé les détails de l'apprêt du festin. Ils consistoient à creuser une large fosse, la garnir de pierres plates, les échauffer en y allumant un feu considérable, que l'on ôtoit quand les pierres étoient échauffées, pour y entasser les morceaux de gibier dont ils faisoient leur nourriture ; la viande étoit ensuite recouverte par d'autres pierres plates, sur lesquelles on allumoit un nouveau brâsier.

(16) *Cherche, sage Carril, la tente de Swaran.*

C'étoit chez les Calédoniens un usage constant que d'inviter, même les ennemis, aux festins de l'hospitalité ; le lendemain, le combat recommençoit. Tel étoit, chez ce peuple intéressant, l'idée qu'ils avoient de la guerre. Il leur sembloit que l'humanité dût rentrer dans ses droits au milieu des désordres faits pour la détruire.

(17) *Nos peres dans leur premier âge.*

Les chants des Bardes devant être accompagnés de la harpe, nous avons cru devoir traduire ce morceau en vers libres : Ossian nous en a donné l'exemple, & dans tous les morceaux de ce genre, l'original emploie une versification différente.

IMITATION

DU

POËME SÉCULAIRE

D'HORACE.

A V I S.

Des Hymnes latines, faites en l'honneur des Dieux
du Paganisme, il y a près de deux mille ans, ne
peuvent inspirer d'intérêt que par le charme de la
Poésie. Horace seul pouvoit prétendre à cette gloire
chez la postérité. Un célebre Artiste a ajouté à la
majesté du Poëme Séculaire d'Horace, le prestige
d'une musique aussi pompeuse que touchante : mais
, ce morceau, exécuté dans une salle où rien ne fait
naître l'illusion, par des personnes dont le costume
ne rappelle rien moins qu'une antiquité aussi reculée,
et un pays où tout prenoit une teinte de grandeur à
laquelle nous n'avons ni le desir ni le pouvoir peut-
être de parvenir; ce sublime morceau de poésie est
presque perdu pour la plus grande partie d'une assemblée
qui ne connoît point la langue dans laquelle il a été
écrit. Il est facile de juger d'après cela, qu'il ne peut
être que médiocrement senti, ou du moins qu'on n'est
ému que par la force de la mélodie, tandis que le
petit nombre de ceux qui connoissent à fond la langue
Latine, ajoute à ce plaisir celui de sentir les expressions
du Poëte, et est à même de juger à quel point la

musique est digne des paroles. Les traductions en prose
sont d'une foible ressource pour entendre une poésie
aussi remplie d'enthousiasme que celle dont il s'agit.
J'ai essayé d'en faire en vers françois une imitation
plutôt qu'une traduction. Il m'est venu, en la faisant,
une idée qui m'a semblé raisonnable, et qui peut ne
l'être pas. Je la soumets à la décision des Artistes éclairés,
dont les productions ont enrichi nos théâtres. Si l'un
d'eux trouvoit mes vers dignes de sa lyre, ou du moins
Horace point trop défiguré dans ma traduction, et qu'il
voulût la mettre en musique, ainsi que M. Philidor a
mis l'original, on pourroit, avec des accessoires, en
faire un spectacle où tout inviteroit l'ame à l'illusion,
et la transporteroit au glorieux siecle d'Auguste. On
n'y trouveroit aucun intérêt dramatique; mais aussi ne
l'y chercheroit-on point. Ce seroit une représentation
de ce qui se passoit aux jeux séculaires, aussi fidelle
qu'il seroit possible à différens Artistes réunis de l'ima-
giner. Enfin, au lieu d'être à un simple concert, où,
comme je l'ai dit, rien ne frappe la vue, et où on
parle une langue morte, on verroit sur un théâtre toute
la pompe Romaine, et on entendroit tout ce que l'on
peut espérer du charme de l'harmonie. Cette espece
de scene n'auroit d'autres interlocuteurs qu'Horace, les
chœurs

Chœurs et les Coryphées. L'appareil pompeux des sacrifices, la richesse et la noblesse des costumes, un
concours de Peuple et de Guerriers, des danses, des
combats, des Gladiateurs, des Athletes, enfin tout
ce que le talent des Compositeurs de Ballets pourroit
ajouter à l'exécution de cet ensemble, produiroient, je
crois, un certain intérêt : l'ame ne seroit point émue
par la terreur et la pitié ; elle ne se porteroit qu'à
l'admiration et au souvenir de ces temps immortalisés
par tant de grands Hommes et de grands événemens.
J'ai joint à cette Traduction une nouvelle Imitation de
l'Ode à Nice, sur la Liberté, par Métastase : cette
piece a été souvent, mais jamais entierement traduite.
J. J. Rousseau, qui se connoissoit en sentimens et en
délicatesse, avoit voulu la traduire ; mais cette ame
éloquente et sublime ne pouvoit s'asservir, même
dans les plus petites choses, à agir d'après les autres.
L'Auteur d'Emile dédaigna de s'occuper d'une traduction, et laissa l'ouvrage imparfait : je l'ai entrepris, et
j'ai trouvé une espece de volupté à travailler sur un sujet
honoré un instant de la plume de ce grand Homme.

D

POEME SÉCULAIRE D'HORACE.

PROLOGUE.

Horace saisit l'attention des Auditeurs par la grandeur du sujet qu'il va traiter.

Loin d'ici, profane vulgaire ;
O vous seuls, dignes de mes chants,
Qui des Muses servez le pere,
Prêtez l'oreille à mes accens !
Pour chanter ce Dieu qui m'inspire,
Jeunes Romains, secondez mes transports :
Jamais de plus brillans accords
Ne seront sortis de ma lyre.

D 2

PREMIERE PARTIE.

Horace exhorte les jeunes filles à chanter des Hymnes en l'honneur des Dieux.

Si je possede l'art de charmer par mes vers,
C'est Apollon qui daigna m'en instruire ;
Je lui dois tout : ma voix va vous conduire
Pour lui porter les vœux de l'Univers.

Jeunes Beautés dont les fleches rapides
    Terrassent les hôtes des bois ,
    Et qui sur les biches timides
    Epuisez vos brillans carquois ;
    A vos plaisirs si Diane préside ,
    En ce jour offrez-lui vos vœux,
    Et de ma lyre qui vous guide ,
Observez bien le rithme harmonieux.

    Célébrez le fils de Latone ;
    Célébrez sa brillante sœur ;

L'éclat des feux du jour étonne ;
L'astre des nuits est celui du bonheur.
Phœbus, par les feux qu'il exhale,
Enfante des trésors sans cesse renaissans,
Et de Phœbé la lumiere inégale
Nous sert à diviser le temps.
Chantez ; et quand l'Hymen et le Temps sur vos têtes
Auront accumulé les plaisirs et les ans,
Vous vous direz, en rappellant ces fêtes,
Nous étions dans notre printemps.
Quand Rome, après un siecle de conquêtes,
Offrit aux Dieux les vœux de cent Peuples divers,
A peine nous comptions notre quinzieme aurore,
Et notre voix, novice encore,
D'Horace y récita les vers.

SECONDE PARTIE.

Deux chœurs de jeunes Romains et de jeunes Romaines s'excitent mutuellement à chanter les louanges d'Apollon et de Diane.

LES GARÇONS.

A L'AUGUSTE Sœur d'Apollon,
Qu'en ce jour votre voix s'adresse.

LES FILLES.

Et vous, du vainqueur de Python,
Chantez l'immortelle jeunesse.

LES DEUX CHŒURS.

Latone et ses appas, sur le Maître des Dieux,
Ont su remporter la victoire ;
Élevons au plus haut des cieux
Ses charmes, ses feux et sa gloire.

LES GARÇONS.

Jeunes filles, rendez hommage
A la Déesse dont les traits
Dévastent les sombres forêts
Et de l'Erimanthe et du Grage.

LES FILLES.

Jeunes Romains, n'oubliez pas
Les champs heureux de Thessalie,
Ni cette isle pleine d'appas
Où Phœbus a reçu la vie.
Peignez, pour l'effroi des humains,
Du Dieu le carquois redoutable,
Et chantez cette lyre aimable
Que son frere mit dans ses mains.

LES GARÇONS.

De nous Diane éloignera
Les horreurs de la faim, les fureurs de la guerre.

LES FILLES.

Apollon nous préservera
De ses fléaux affreux qui désolent la Terre.

ENSEMBLE.

Sur nos ennemis malheureux,
Puissent les Dieux détourner leur colere !
Puisse un bonheur que rien n'altere,
Devenir le prix de nos vœux !

TROISIEME PARTIE.

GRAND DIEU, jamais à ta vengeance
Le crime ne s'est dérobé ;
C'est toi qui punis l'insolence
De l'orgueilleuse Niobé ;
Et pour accabler la mere
Des traits les plus déchirans,
Tu fis tomber ta colere
Sur ses malheureux enfans.

D 4

Vainement l'indomptable Achille
De Priam se croit le vainqueur ;
Tu rends sa fureur inutile :
Ilion voit encor différer son malheur,
Quand, à la réduire en cendre,
Son audace osoit prétendre.
Le sort qui brave les Héros,
Le força lui-même à descendre
Dans l'affreuse nuit des tombeaux.

Tel qu'un cyprès dont les fougueux Autans
Ont renversé la cîme consternée,
Ou tel qu'un pin que l'ardente coignée
A fait tomber sous ses coups éclatans :
Ainsi de ce Guerrier les déplorables restes
Au pied des murs sanglans gissent abandonnés ;
Et privés de son bras, les Grecs infortunés
Maudissent des remparts funestes.

Marchant toujours au sentier de l'honneur,
Jamais on n'eût vu son grand cœur
Descendre jusqu'à l'imposture,
Et ce monstre fatal, d'étonnante structure,
A la Déesse des talens,
Consacré d'une main impure,
Ne l'eût point renfermé dans ses coupables flancs.
Il n'eût point, au milieu des fêtes,
Surpris le Troyen enivré :

C'étoit, de périls entouré,
Qu'Achille voloit aux conquêtes.

Hélas! des malheurs de la guerre,
Tel est l'inévitable sort;
Dans ces momens consacrés à la mort,
Du plus beau sang il eût rougi la terre.
Sous ses coups auroit expiré
L'enfant à peine à son aurore;
Et dans le sein qui le recele encore,
L'enfant à naître eût été massacré.

Phœbus, ta bonté protectrice
Prévient ces excès odieux;
A ta voix le maître des Dieux,
Des enfans de Priam adoucit le supplice.
Il permit qu'un Prince pieux,
Des Phrygiens sauvant les destinées,
Allât chercher dans de lointains climats
Des régions plus fortunées,
Et fonder de nouveaux Etats.

Toi, dont la grace enchanteresse
Plaît sans cesse, renaît toujours,
Phœbus, qui jadis dans la Grece,
Aux Poëtes naissans accordas tes secours,

Protege une Muse novice,
Préte tes graces à mes vers;
Et fais, par ta bonté propice,
Qu'ils charment un jour l'Univers.

QUATRIEME PARTIE.

————

BRILLANT flambeau de la Nature,
Astre bienfaisant de la nuit,
Dont la lumiere douce et pure
Et nous console et nous conduit;
Daignez, Divinités propices,
Entendre les timides vœux,
Qu'à la pompe des sacrifices
Vont méler ces Romains jeunes et vertueux.
C'est par la voix de l'innocence
Que nous vous adressons ces chants religieux;
Dictés par la reconnoissance
Pour honorer les Dieux.

O toi, qui sur un char splendide,
De l'Univers décris le tour,
Dont la course sûre et rapide
Nous donne et nous ravit le jour;

Puisses-tu, Dieu de la lumiere,
En éclairant tous les humains,
Ne rencontrer dans ta carriere
Rien de plus grand que les Romains !

Nous implorons ta bienfaisance,
Lucine, honneur de nos autels ;
Tu présides à la naissance
Des foibles enfans des mortels.
Fais prospérer cette loi salutaire
Dont un Sénat libérateur
Vient de frapper le honteux adultere,
Des sociétés destructeur.
Fais que les complots de l'Envie
Ne divisent plus les époux ;
Fais que les sources de la vie
Ne s'épuisent jamais pour nous.

Et vous, Sœurs impitoyables,
Qui commandez au sort,
Maîtresses de la mort,
Dont les décrets redoutables
Guident ses coups furieux,
Ou la tiennent enchaînée,
Respectez la destinée
De ces murs chéris des Dieux :

Digne fille de Cybele,
Daignez seconder le zele
Du vigilant Laboureur ;
Patient dans son ardeur ,
Pieux dans son espérance ,
Des biens qu'il doit moissonner ,
S'il desire l'abondance ,
C'est pour vous en couronner.

Quittez cet arc redoutable ,
Dieu puissant de l'Hélicon ;
Et vous aussi , Déesse aimable ,
Dont un croissant pare le front ,
Laissez ces fleches meurtrieres
Qui n'inspirent que la frayeur :
Nous sommes prosternés , et nos humbles prieres
Ne demandent de vous qu'un souris protecteur.

Grands Dieux, si Rome est votre ouvrage ,
Si par vos oracles guidés ,
Les Phrygiens, échappés au naufrage ,
Ont touché ces bords fortunés ;
Dieux, ayez soin de votre propre gloire ;
Que les Romains par la victoire
Soient mille fois couronnés ;
Qu'à l'Univers Rome serve d'exemple ,
Qu'elle devienne le temple

Du génie et des beaux Arts :
Donnez enfin, pour comble de largesse,
Aux Romaines la sagesse,
La prudence à la Jeunesse,
Et le repos aux Vieillards.

Que l'heureux sang de Vénus et d'Anchise
Regne à jamais sur nous ;
Déjà l'Inde soumise
Redoute son courroux.

Le Scythe qui bravoit nos armes,
Le Parthe qui fuyoit nos coups,
Connoissent enfin les alarmes ;
Mais l'humanité des vainqueurs
A bientôt éteint leur tonnerre :
Auguste est plus jaloux de subjuguer les cœurs,
Que de faire trembler la terre.
Son regne est celui des vertus ;
La gloire est le Dieu qui le guide,
Et les vices honteux languissent abattus
Sous les rayons de son égide.

Vous exaucerez donc ses vœux,
Dieux puissans, que son zele implore ;
Et vous ne verrez point des portes de l'aurore,

Jusqu'aux bords où le jour ensevelit ses feux ,
Et de Peuple et de Roi qui vous honorent mieux.

Retirons-nous , amis , bornons-là notre hommage ;
Nos chants avec bonté de l'Olympe entendus ,
Dans le vague des airs n'ont point été perdus.
        Puissions-nous ainsi , d'âge en âge ,
Venir rendre à ces Dieux les vœux qui leur sont dûs !

LA LIBERTÉ,

ODE

A NICE.

IMITATION DE MÉTASTASE.

LA LIBERTÉ,
ODE.

Enfin, grace à ton art trompeur,
Le calme est rentré dans mon ame :
Les Dieux, touchés de mon malheur,
Ont pour jamais éteint ma flamme.
De mon front ils ont écarté
Un joug arrosé de mes larmes.
O Nice ! de la Liberté
Je goûte à présent tous les charmes.

Ne t'attends pas qu'encore épris,
Feignant les transports de la haine,
Ou le langage du mépris,
Je traîne une honteuse chaîne.
Je ne sens plus battre mon cœur,
Quand je vois Nice ou son image :
Lorsqu'on te nomme, la rougeur
Ne vient plus couvrir mon visage.

Tu n'es plus, pendant mon sommeil,
Celle qui dans mon ame habite ;
Tu n'es plus après mon réveil,
Le premier penser qui m'agite.
Je puis me trouver près de toi,
Sans éprouver plaisir ni peine ;

PALINODIE.

PALINODIE.

O Nice! d'un dépit trompeur
L'Amour a délivré mon ame :
Les Dieux, touchés de mon malheur,
En vain avoient éteint ma flamme.
Ce joug qu'ils avoient écarté,
Ce joug, arrosé de mes larmes,
Est plus doux que la Liberté
A qui je croyois tant de charmes.

De tes appas toujours épris,
J'ai feint les transports de la haine,
Et le langage du mépris ;
Mais je n'ai pu briser ma chaîne.
Je sens toujours battre mon cœur
Quand je vois Nice ou son image :
Lorsqu'on te nomme, la rougeur
Vient toujours couvrir mon visage.

Toi seule es, pendant mon sommeil,
Celle qui dans mon ame habite ;
Toi seule es, après mon reveil,
Le premier penser qui m'agite.
Lorsque je suis auprès de toi,
De mon cœur tu bannis la peine ;

Je puis voir Nice loin de moi,
Sans desirer qu'elle revienne.

Tu peux me marquer tes dédains;
Tu peux tendrement me sourire:
L'un et l'autre également vains,
Sur moi n'ont plus aucun empire.
Ton regard n'est plus mon vainqueur,
Et cette séduisante bouche,
Jadis le chemin de mon cœur,
Aujourd'hui n'a rien qui me touche.

J'étois épris de ta beauté,
Quand tu n'étois pas infidelle;
Depuis ton infidélité,
Tu n'as pas cessé d'être belle:
Mais à de plus touchans attraits,
Je puis enfin rendre les armes,
Et je remarque dans tes traits,
Des défauts que je crus des charmes.

Les bois et les prés émaillés,
Depuis ta coupable inconstance,
Pour plaire à mes yeux dessillés,
N'ont plus besoin de ta présence.
Enfin, d'un délire fatal
Mon ame n'est plus la victime;
Et je peins, même mon rival,
Tes appas, nos feux et ton crime.

Tu ne peux t'éloigner de moi ,
Qu'aussi-tôt elle ne revienne.

Je ne puis braver tes dédains ,
Ni résister à ton sourire.
Ah ! tous mes efforts seroient vains
Pour me soustraire à ton empire.
Pour peindre ce charme vainqueur ,
Vainement je parle , et ma bouche ,
Organe impuissant de mon cœur ,
Ne prononce rien qui me touche.

J'ADMIROIS encor ta beauté ,
Quand je te croyois infidelle ;
Connoissant ta fidélité ,
Tu me sembles cent fois plus belle.
A de plus séduisans attraits
Je ne pourrois rendre les armes ;
Je ne vois dans les plus beaux traits
Que froide absence de tes charmes.

Les bois et les prés émaillés ,
Où je pleurois ton inconstance ,
Prêtent à mes yeux dessillés
Un nouveau charme à ta présence ;
Et d'un égarement fatal ,
Si je fus un moment victime ,
Aux yeux même de mon rival ,
Mes remords ont lavé mon crime.

Je crus expirer de douleur,
Lorsque, combattant ma tendresse,
J'arrachai du fond de mon cœur
Le trait dont t'arma ma foiblesse.
Je me sentis près de mourir.....
Mais c'étoit ton dernier outrage :
Heureux celui qui sait souffrir,
Et sort à ce prix d'esclavage !

Pour recouvrer la liberté,
Pour éviter des mains cruelles,
L'oiseau, dans le piege arrêté,
Echappe en déchirant ses ailes.
Trop heureux de se dégager,
Le temps lui rendra son plumage ;
Et le souvenir du danger
A le fuir pour jamais l'engage.

Tu doutes que de nos amours
La source à jamais soit tarie ;
J'en parle, il est vrai, tous les jours,
Mais sans avoir l'ame attendrie.
D'un feu qui trouble ma raison,
Si je fais souvent la peinture,
C'est pour chanter ma guérison,
Que je rappelle ma blessure.

Tranquille au port, ainsi des mers
Le Voyageur peint les caprices ;

EN vain combattant ma douleur,
Je voulus vaincre ma tendresse ;
Je voulus tirer de mon cœur
Le trait dont t'arma ma foiblesse.
Je me sentis près de mourir,
L'Amour réparoit son outrage ;
J'aimai mieux t'aimer et souffrir,
Que sortir ainsi d'esclavage.

POUR recouvrer sa liberté,
Pour éviter ses mains cruelles,
L'oiseau, dans le piege arrêté,
Agite, en palpitant, ses ailes.
Mais en voulant se dégager,
La glu s'attache à son plumage ;
Et, loin d'échapper au danger,
Plus il veut fuir, plus il s'engage.

JE disois que de nos amours
La source étoit enfin tarie ;
Je le répétois tous les jours,
Mais mon ame étoit attendrie.
D'un feu qui troubloit ma raison,
Mon langage étoit la peinture,
Et cette fausse guérison
N'a fait qu'irriter ma blessure.

AINSI long-temps jouet des mers,
On affronte encor leurs caprices ;

Le Guerrier, sorti des revers,
Montre ses nobles cicatrices :
Et l'Esclave, dont les tourmens
Ont désarmé la destinée,
Pese la chaîne que long-temps
Avec douleur il a traînée.

MON unique objet, tous les jours,
N'est plus de vivre pour te plaire ;
Quand je parle, par mes discours,
C'est moi que je veux satisfaire.
Le plaisir d'être oui de toi,
N'est pas l'heureux terme où j'aspire :
Mon cœur, quand tu parles de moi,
Songe peu si le tien soupire.

NICE perd un cœur généreux ;
Moi, j'abandonne un cœur parjure :
J'ignore, Amour, sur qui des deux
Tu voudras venger ton injure.
Je sais qu'un plus fidele amant
Ne brûlera jamais pour elle ;
Que je puis, au premier moment,
Rencontrer une autre infidelle.

FIN.

On court à de nouveaux revers,
Le sein couvert de cicatrices ;
Et l'affranchi, que les tourmens
Ont suivi dans sa destinée,
Reprend la chaîne que long-temps
Avec douleur il a traînée.

*

Mon unique objet, tous les jours,
N'est de vivre que pour te plaire :
Quand je parle, par mes discours,
C'est toi que je veux satisfaire.
Le bonheur d'être cru de toi,
Est toujours le terme où j'aspire :
Mon cœur, quand tu parles de moi,
Demande si le tien soupire.

*

Accorde un pardon généreux,
O Nice ! à ton amant parjure ;
Amour, ne vas pas sur tous deux
Punir mon crime et ton injure.
Fais que le plus fidele amant
Ne vive et meure que pour elle :
Avance mon dernier moment,
Si je dois la voir infidelle.

FIN.

Fautes essentielles à corriger.

Page 53, vers 11, mettez à la fin du vers une virgule au lieu du point.

55, vers 4, ses fléaux ; *lisez* ces fléaux.

57, vers 12, prévient ; *lisez* prévint.

66, avant-dernier vers, même mon rival ; *lisez* même à mon rival.

68, vers 9, la liberté ; *lisez* sa liberté.

Ibid. vers 21, trouble ; *lisez* troubla.

69, vers 10, ses mains ; *lisez* des mains.

70, vers 11, oui ; *lisez* cru.

Ibid. vers 12, pas ; *lisez* plus.